Diez fantasmitas tímidos

Originally published in English as *Ten Timid Ghosts*

ISBN 0-439-31741-X

Library of Congress Cataloging-in-Publication data available.

12 11 10 9 8 7 6 5 4 3 2 1 1 2 3 4 5 6/0

Printed in the U.S.A. 24

First Scholastic Spanish printing, September 2001

Diez fantasmitas tímidos

por Jennifer O'Connell

SCHOLASTIC INC. Cartwheel BOOKS®
New York Toronto London Auckland Sydney
Mexico City New Delhi Hong Kong Buenos Aires

10
Diez fantasmitas tímidos en una casa encantada.
Llegó una bruja y dijo: "Eso no me gusta nada".
¡PELIGRO!

Uno vio un esqueleto
tan blanco como la nieve.
Huyó corriendo al bosque
y ahora sólo quedan nueve.

Nueve fantasmitas tímidos en una casa encantada.
Llegó una bruja y dijo: "Eso no me gusta nada".
Uno vio un murciélago feo
con un aspecto espantoso.
Huyó corriendo al bosque
y ahora sólo quedan ocho.

8

Ocho fantasmitas tímidos en una casa encantada.
Llegó una bruja y dijo: "Eso no me gusta nada".
Uno vio un ogro enorme
y gritó: "¡Qué mala suerte!".
Huyó corriendo al bosque
y ahora sólo quedan siete.

DISFRAZ
DE OGRO

7

Siete fantasmitas tímidos en una casa encantada.
Llegó una bruja y dijo: "Eso no me gusta nada".
Uno vio un gato feroz
de la cabeza a los pies.
Huyó corriendo al bosque
y ahora sólo quedan seis.

Seis fantasmitas tímidos en una casa encantada.
Llegó una bruja y dijo: "Eso no me gusta nada".
Uno vio un búho malo
que le hizo pegar un brinco.
Huyó corriendo al bosque
y ahora sólo quedan cinco.

Cinco fantasmitas tímidos en una casa encantada.
Llegó una bruja y dijo: "Eso no me gusta nada".
Uno vio al señor vampiro
que comía de cinco platos.
Huyó corriendo al bosque
y ahora sólo quedan cuatro.

TALCO
KETCHUP

Cuatro fantasmitas tímidos en una casa encantada.
Llegó una bruja y dijo: "Eso no me gusta nada".
Uno vio un gran dragón
con los dientes al revés.
Huyó corriendo al bosque
y ahora sólo quedan tres.

3

Tres fantasmitas tímidos en una casa encantada.
Llegó una bruja y dijo: "Eso no me gusta nada".
Uno vio una arañota
y casi le da la tos.
Huyó corriendo al bosque
y ahora sólo quedan dos.

Dos fantasmitas tímidos en una casa encantada.
Llegó una bruja y dijo: "Eso no me gusta nada".
Uno vio una rata gris
que buscaba el desayuno.
Huyó corriendo al bosque
y ahora sólo queda uno.

Rata de
goma

1

Una fantasmita avispada en una casa encantada.
Llegó una bruja y dijo: "Eso no me gusta nada".
Pero ella vio a la bruja
en el momento oportuno.
Huyó corriendo al bosque
y ya no queda ninguno.

10

Diez fantasmas enojados en un bosque oscuro y frío.
–Pero qué bruja más mala. ¡Démosle su merecido!
–¡Es nuestra casa! ¡No es justo!
–¡Tenemos que darle un buen susto!

Una bruja mala y fea en una casa encantada.
Diez fantasmitas valientes dijeron:
"ESO NO NOS GUSTA NADA".

BU

La bruja vio a los fantasmas
y dio un grito de terror.
Salió corriendo y gritando:
"¡Yo me voy de aquí! ¡Adiós!".